El rebaño
Colección Somos8

© del texto: Margarita del Mazo, 2014/2022
© de las ilustraciones: Guridi, 2014/2022
© de la edición: NubeOcho, 2022
www.nubeocho.com · info@nubeocho.com

Primera edición: Septiembre, 2022
ISBN: 978-84-19253-25-5
Depósito Legal: M-16662-2022

Impreso en Portugal.

Todos los derechos reservados. Prohibida su reproducción.

El Rebaño

Margarita del Mazo
Guridi

nubeOCHO

Ser oveja es fácil.

Solo tenemos que pasear, comer,
dormir y ayudar a dormir.

Cada persona tiene asignado un rebaño de ovejas diferente.
Y a Miguel le ha tocado el mío.

Nos llama cuando no puede dormir.
Y nosotras solo tenemos que saltar la valla.

Siempre es igual.
Primero salta Una,
luego Dos,
después Tres y...
así hasta que Miguel se duerme.

Pertenecer a un rebaño es fácil porque solo
hay que hacer lo que hace el resto.
Aunque, a veces, las cosas no resultan tan sencillas.

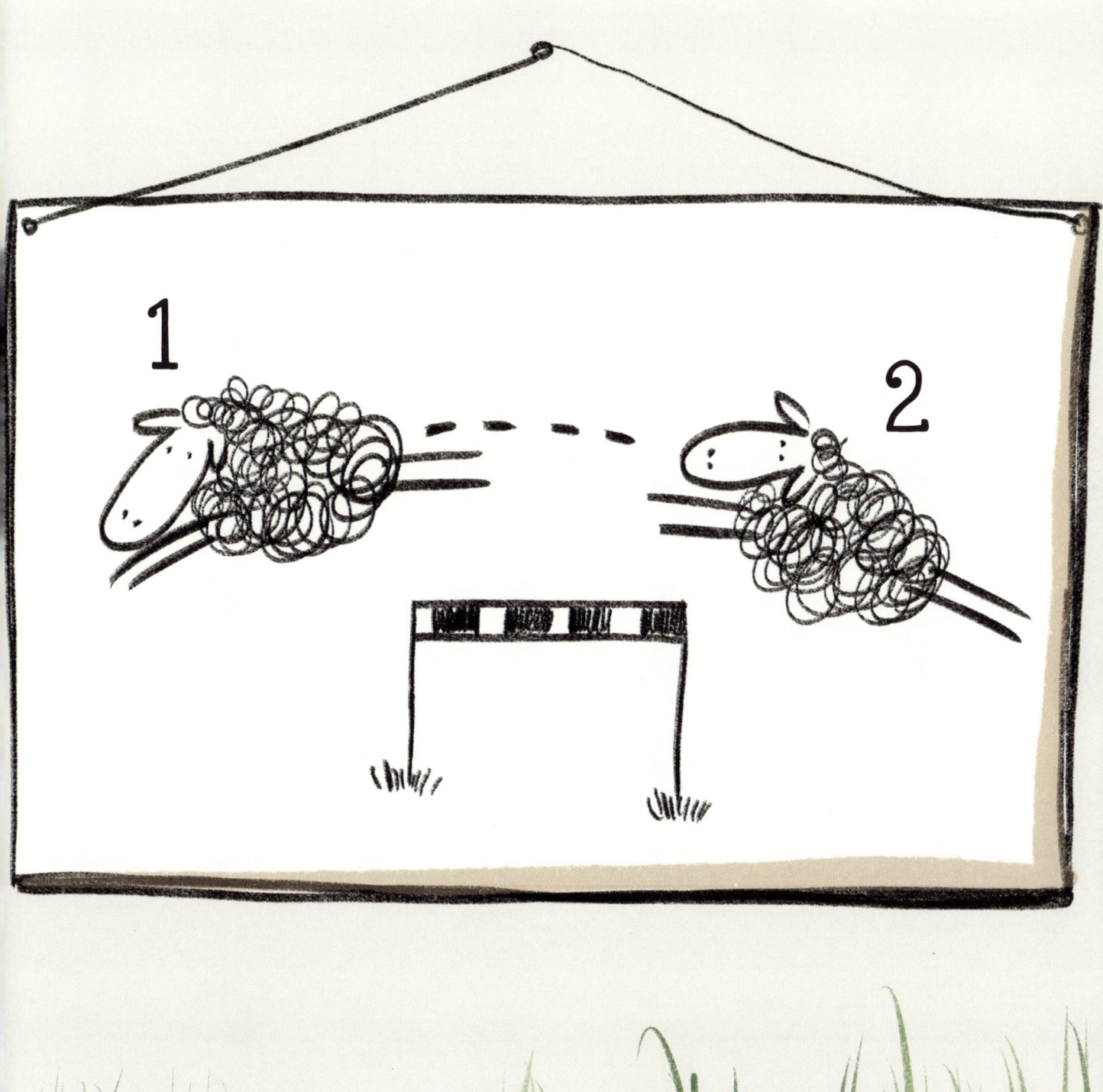

Una noche, como casi todas las noches,
Miguel nos llamó.

Y comenzamos a saltar como siempre.
Primero saltó Una, luego Dos, después Tres y…

—¿Alguien ha visto a Cuatro? —preguntó Cinco.

—¡Aquí! ¡Está aquí! —gritó la última de la fila.

—¡Te toca saltar! —le dijimos.

—¡No quiero hacerlo! ¡Estoy harta de saltar! —respondió.

Esa respuesta no venía en nuestro manual de comportamiento.

Nos llevamos las pezuñas a la cabeza.

—**¡Cuatro no quiere saltar!** —dijimos a coro.

—¡Es tu turno! —insistimos.

—Lo he pensado bien. ¡No voy a saltar! —dijo.

—¿Has pensado? Nosotras no pensamos, solo saltamos.

—Estoy aburrida de hacer siempre lo mismo.

—Si no saltas, se romperá la cadena, Miguel pasará la noche en vela y mañana estará contando cerdos en lugar de ovejas.

—¡Me da igual! ¡No saltaré!

—¡Déjate de bobadas y salta ya!

—¡Tienes que hacer lo que se te dice! ¡No seas rebelde!

—Serás una oveja descarriada. ¡Qué vergüenza para el rebaño!

—**¡Salta! ¡Salta! ¡Salta!** —berreábamos.

Pero ella repetía:
— ¡No! ¡No! ¡No!

Las horas pasaban y Miguel seguía sin poder dormir.

—**¡Salta! ¡Salta! ¡Salta!** —insistíamos.

—**¡No! ¡No! ¡Y no!**

Decididamente, aquella oveja era más terca que una cabra.

BEEEE BEEEE BEEEEE

BEEEEEE BEEEE BEEEE

BEEEE BEEEE BEEEEEE

De repente, ocurrió algo asombroso.
En medio de aquel alboroto apareció un cartero.

—**¡Carta urgente para Cuatro!** —vociferó.

Los berridos cesaron. Todo lo llenó el silencio.

Cuatro abrió el sobre, leyó la carta y, sin decir nada, caminó con paso firme hacia la valla.

Tomó impulso.
Una, dos, tres y...

¡Cuatro dio un salto increíble!

Subió tan alto que se hizo pequeña,
diminuta, un punto... ¡Y desapareció!

Ha pasado el tiempo y no sabemos dónde está Cuatro ni lo que ponía en aquella carta.

Lo mejor de esta historia es que, desde aquella noche, Miguel ya no nos necesita.

Se ve que duerme bien.